T0267827

Memory Lane

Patrick Modiano
Pierre Le-Tan

Memory Lane

Un relato

Traducción de Emilio Manzano

EDITORIAL ANAGRAMA
BARCELONA

Título de la edición original:
Mcmory Lane
Éditions Seuil
1983

Ilustración: © Pierre Le-Tan
Maquetación, diseño y rotulación: Sergi Puyol

Primera edición: *junio 2024*

Diseño de la colección: Julio Vivas y Estudio A

© De la traducción, Emilio Manzano, 2024

© Patrick Modiano y Éditions Stock, 2020

© EDITORIAL ANAGRAMA, S. A. U., 2024
Pau Claris, 172
08037 Barcelona

ISBN: 978-84-339-2639-5
Depósito legal: B. 3137-2024

Printed in Spain

Liberdúplex, S. L. U., ctra. BV 2249, km 7,4 - Polígono Torrentfondo
08791 Sant Llorenç d'Hortons

París, 18 de mayo de 1979

Me pregunto qué química misteriosa hace que se forme un «grupito»: lo mismo se dispersa muy rápido que permanece homogéneo durante muchos años, y a menudo, en razón del carácter dispar de sus miembros, nos recuerda las redadas de la policía que reúnen, entre la medianoche y el amanecer, a individuos que de otro modo nunca se habrían conocido. No llegué a ser un miembro efectivo de aquel grupito que tuve ocasión de observar a mis veinte años. Pero sí lo frecuenté, y eso fue suficiente para conservar un recuerdo bastante claro. Quien me introdujo en él se llamaba Georges Bellune. En aquella época yo trabajaba en una editorial musical –un trabajo de poca categoría– y Bellune ocupaba el despacho contiguo al mío. Creo que ejercía la profesión de agente y su especialidad era la organización de giras por el extranjero para artistas que aún no habían alcanzado una auténtica notoriedad. Muy pocas veces oí sonar el teléfono a través del tabique que separaba nuestros despachos. Nos encontrábamos en el ascensor y en el pasillo y nos hicimos amigos. Por las tardes llamaba a mi puerta.

–¿Y si fuéramos a dar una vuelta? –me preguntaba.

Tomábamos la calle Berri hasta los Campos Elíseos y luego la recorríamos en sentido contrario. Y así muchas veces. Bellune callaba y yo no me atrevía a sacarlo de su ensimismamiento.

Un día me invitó a comer en el Saint-Gautard, un restaurante de la calle Faubourg Montmartre cuya clientela se componía de hombres solos y de aspecto austero. Mi amigo me explicó que conocía aquel establecimiento desde hacía más de treinta años. Había venido por primera vez en compañía de un tal Oscar Dufrenne, director de una sala de music hall cercana, que fue asesinado al cabo de un mes. A la misma hora del crimen un marinero huía del despacho de Dufrenne y se perdía entre el público que abarrotaba la galería, mientras las bailarinas se agrupaban para el número final. Aquella silueta furtiva de un marinero desapareciendo en la penumbra sumía a Bellune en un estado de ensoñación. La policía había interrogado al grumete acordeonista del espectáculo, pero sin resultados.

Tras el almuerzo, Bellune me pidió que lo acompañara a una zapatería de la calle Cité Bergère. Uno de sus amigos, Paul Contour, le había rogado que pasara a recoger dos pares de mocasines que tenía encargados. Nada más llegar nos dimos cuenta de que la tienda estaba cerrada para siempre. El polvo cubría el escaparate y una planta trepadora invadía el mostrador vacío. Bellune dejó escapar una risita al contemplar la tienda abandonada, con la planta que continuaba creciendo y los pares de mocasines de Contour que sin duda estaban echándose a perder en un rincón.

–Es muy propio de Paul –me dijo.

Una tarde que salimos juntos de la oficina me propuso acompañarlo a casa de sus amigos los Contour. Acepté, muy intrigado, porque el escaparate de la zapatería fantasma aún ocupaba mis pensamientos.

La zapatería de Paul tuvo sus épocas
de gloria, pero ahora su fachada
resquebrajada hacía pensar en un
palacio desierto del Gran Canal.

Los Contour vivían en la avenida Paul Doumer, y aquella noche los vi «en privado», porque los otros miembros del «grupito» no estaban. Nos recibieron en un salón que me sorprendió por sus muebles decididamente modernos, de formas aerodinámicas y colores vivos. La decoración, según me dijeron, la había concebido un miembro de su «grupito», un anticuario parisino especializado en maderas claras. Su nombre, Claude Delval, apareció varias veces en la conversación que mantuvieron con Georges Bellune, al igual que otros nombres, los de sus allegados, a los que conocí poco después. Estaba presente un americano de rostro escarlata y cabello blanco peinado con flequillo y de quien solo llegué a conocer el nombre de pila: Douglas. Lo llamaban «Doug». Parecía desempeñar el papel de secretario o intendente de los Contour.

Maddy Contour tenía unos cuarenta años. Rubia, alta, tez bronceada, ojos claros. Su aspecto de-

15

portivo y su aire juvenil la hacían parecer también americana. Paul Contour era diez años mayor que ella, alto, muy moreno, de sienes apenas plateadas, con bigote. A pesar de su corpulencia trasmitía una impresión de extrema flexibilidad gracias a sus gestos y su apariencia, impresión que acentuaban sus trajes anchos y sus camisas desabrochadas.

El carácter acolchado del piso, aquella primera noche, me pareció muy agradable. Estábamos inmóviles en nuestros sillones, excepto el americano, que de tanto en tanto se desplazaba para servir una bebida o responder al teléfono, pero sus pasos quedaban amortiguados por las zapatillas que calzaba. Cada vez que sonaba el teléfono Contour le preguntaba quién era, y tras hacer un gesto afirmativo con la cabeza, el americano, manteniendo el teléfono en la mano, le lanzaba el auricular, que Contour atrapaba al vuelo. Cuchicheaba con el auricular sujeto entre la mejilla y el hombro y terminada la conversación volvía a lanzárselo al americano, que lo atrapaba con los dedos pulgar e índice antes de colgar y depositar el teléfono en una mesilla. Luz de una lámpara de opalina proyectada sobre la pared del fondo. Maddy Contour me sonreía. Paul Contour hablaba. Con toda franqueza, no recuerdo qué decía. Estaba demasiado atento al timbre de su voz, una voz grave y agradable, una especie de susurro.

En el camino de vuelta, Georges Bellune, que los frecuentaba desde hacía más de veinte años, me dio algunos detalles sobre sus amigos. Paul Contour era de origen modesto y provincial. Había nacido en Annecy,

16

aunque pretendía ser medio gitano –romaní, decía él–
y lo cierto es que su tez mate y sus ojos negros resultaban sospechosos para un saboyano. Había comenzado
una brillante carrera de abogado y había sido el presi-
dente más joven de la Conférence, pero la guerra la
había cortado en seco. Desde entonces no estaba muy
claro a qué «negocios» se dedicaba, pero avanzaba sobre la cuerda floja. Unos días les confiaba a los amigos
de su grupo que «había perdido la partida» y otros los
invitaba a todos a cenar en Bougival para celebrar su
«vuelta al candelero».

Supe, entre otras cosas, que Contour había vivido mucho tiempo del dinero que le había proporcio-
nado el «asunto Tende y La Brigue». Él y Bellune intentaron explicarme el mecanismo sutil de «Tende y
La Brigue», y los escuché con el ceño fruncido: un
grupo de intermediarios, haciéndose pasar los unos
por comisionados del gobierno francés y los otros del
gobierno italiano, intentaron negociar la venta de
«Tende y La Brigue», dos localidades de la frontera
italo-francesa. Contour sacó tajada y se llevó una
comisión importante. ¿De quién? Nunca lo com-
prendí, como tampoco pude aclarar nunca a quién
querían venderle «Tende y La Brigue». Ni si las llega-
ron a vender.

¿Y Doug, el americano de tez escarlata, presente
en la avenida Paul Doumeur aquella primera noche?
Era un antiguo oficial del ejército Bradley que los
Contour conocieron durante la Liberación y que se
había instalado en París. No los dejaba ni a sol ni a
sombra y estaba a su servicio, como adiviné, desem-

17

peñando las tareas de secretario y de chófer a título amistoso. En Francia, Doug había ejercido la misma profesión que Maddy Contour: había sido un destacado modelo de moda masculina, pero el abuso del alcohol echó a perder su belleza y dio a su piel aquel color rojo. En la habitación de Maddy, en la avenida Paul Doumer, había una foto de Douglas en su juventud, en un marco de cuero, posando con un traje Príncipe de Gales.

En el fondo, Maddy la modelo seguía siendo
la jovencita ingenua de Saumur.

Unas semanas después, y nuevamente a instancias de Bellune, fui presentado al grupito al completo. Su punto de encuentro era un bar de la avenida de Friedland de decoración sepulcral. En torno a los aperitivos estaban Paul y Maddy Contour y dos hombres de unos treinta años que me presentaron: un tal Christian Winegrain y un tal Bourdon, la compañera de Winegrain, una adolescente morena y tímida, y una escandinava que estallaba en carcajadas por cualquier motivo, mientras hablaba la lengua de su país, y a la que Bourdon tomaba tiernamente por los hombros. A su lado, Doug, muy colorado, impasible, la mirada fija en una botella de Izarra verde.

La patrona de aquel bar de la avenida de Friedland era una martiniquesa a quien Contour llamaba «madame Camoëns». George Bellune me explicó en voz baja que cuando Christian Winegrain sufría uno de sus terribles «bajones» pasaba noches enteras en el bar, y que «madame Camoëns» le había instalado allí un catre. Bellune se empeñó en mostrármelo. Nos deslizamos detrás de la barra de caoba, enfilamos un corredor y bajamos por unas escaleras. Una vez en el sótano vi un catre protegido por una bóveda y una reja de hierro forjado que le conferían al rincón un aspecto de cripta. Bellune se tendió en la cama.

–A mí también me convendría descansar un poco, amigo mío... Tendré que pedirle a madame Camoëns que me instale algo aquí abajo...

Hablaba el francés con un acento que hasta ese momento yo no había percibido. Su palidez y su mirada inquieta me impresionaron.

–Venga... Ánimo...

Se incorporó y me dirigió una sonrisa triste. Al reunirnos con los demás, los Contour nos invitaron a ir a cenar a Bougival. Y ya nos tienes a todos apretujados en su coche descapotable.

En el curso de la cena tuve ocasión de observarlos con más detenimiento. Christian Winegrain, a quien Contour llamaba a veces «el hijo del Banco de Crédito», ocasionaba muchos problemas a sus padres, y temía que se convocara un consejo de familia para pronunciarse sobre su suerte definitiva. Paul Contour lo tranquilizaba bromeando, diciéndole que le proporcionaría certificados de buena conducta. Bourdon, desconozco su nombre de pila –lo llamábamos invariablemente «De Bourdon»– era un viejo amigo de Winegrain, a quien había conocido en el colegio Montcel.

22

Cada cierto tiempo viajaban juntos por Oceanía o Brasil y regresaban cargados de diapositivas y temas para conferencias. Una noche tuvieron la amabilidad de invitarme a una de ellas. La sala estaba vacía excepto las primeras filas, ocupadas por una treintena de adolescentes y unos pocos adultos. Las diapositivas que proyectaba Winegrain desencadenaban una salva de aplausos antes incluso de que Bourdon las hubiese comentado. Una vez terminada la proyección, el entusiasta auditorio se unió a nosotros. Eran alumnos del Montcel y algunos de sus profesores. Viendo la afectuosa atención que les dispensaban era fácil deducir que Winegrain y Bourdon formaban parte de la leyenda del colegio, que su recuerdo se perpetuaba en el Montcel. Doug –que en ocasiones tenía lengua viperina– me aseguró que Bourdon y Winegrain no tenían otro público que los alumnos del colegio Montcel.

Pero lo que interesaba por encima de todo a estos dos conferenciantes era «vivir su vida». Christian Winegrain sufría una neurastenia que intentaba combatir mediante una agitación perpetua. Su problema –decía– consistía en «evitar los tiempos muertos». Tenía el cabello rubio rizado, la tez rosada, y el rostro ligeramente regordete de un angelote entrado en años. Bourdon se esforzaba por darse aires de gentleman de los Océanos, con su piel bronceada, su cabello negro rizado, su sonrisa rapaz, su manera de hablar tajante y su pipa, pero parecía más bien un sobrecargo de grandes líneas aéreas. Compartían un pequeño apartamento en la calle Colonels-Re-

23

nard, al que Winegrain me llevó con frecuencia. Las paredes estaban adornadas con mapas Taride de las antiguas colonias francesas y una cabeza disecada de rinoceronte, y el suelo, cubierto por pieles de animales. El dormitorio de Winegrain era la reproducción minuciosa de un camarote de barco. A lo largo del pasillo se sucedían las fotografías de sus conquistas femeninas, acompañadas de las fechas, y entre ellas me sorprendió reconocer a la mujer de un ministro calvo en ejercicio en aquel momento.

Una de sus proezas, que no dejaban de contar, había consistido en prometer a dos «espléndidas escandinavas» –la expresión «espléndidas escandinavas»

La flexibilidad de Paul y sus ojos tristes hacían pensar en esas fieras cuyo ímpetu se ve frenado por los barrotes de las jaulas.

24

era de Winegrain– que las llevarían a la orilla del mar, la única condición que ponían las chicas para pasar una noche con ellos. Las recogen en coche hacia las once de la noche, toman la autopista del Oeste y se detienen en Versalles, donde se alojan en el Trianon Palace. El aspecto de balneario del hotel y el parque oscuro engañan a las suecas, que se creen llegadas a un lugar como Le Touquet o Dinard. Por la mañana temprano, aprovechando el sueño de sus víctimas, Winegrain y Bourdon se apostan en un pasillo. Al las diez las dos escandinavas se dirigen a la recepción en bañador y con gafas de sol. Preguntan por el camino de la playa. Cinco años después, el cretino de Winegrain seguía partiéndose de risa.

Pero su humor se ensombrecía repentinamente. Nunca pude determinar las causas de ese estado de postración, que se alargaba durante varios días y durante los cuales apenas tenía fuerzas para arrastrarse al bar de «madame Camoëns» y desplomarse en la cripta que esta le tenía preparada.

Bourdon también atravesaba momentos de depresión igualmente espectaculares, pero en su caso, al menos, se conocía el motivo. A los diecisiete años había sido padre de una niña. La madre pertenecía a una dinastía de negociantes bordeleses y este nacimiento ilegítimo supuso un escándalo. La familia aceptó la criatura con la condición de que su padre jamás tuviese contacto con ella. Ahora que se había convertido en una muchacha, Bourdon había robado una foto suya y la exhibía continuamente. Comenzaba diciendo que se mostraba muy afectuosa con él y

Los ritmos sudamericanos que sonaban en
el bar de madame Camoïns contrastaban
con la cortesía vienesa de Bellune.

que era una estudiante excelente, pero al cabo de un instante se desmoronaba y confesaba la verdad: para su hija era un extraño. Entonces teníamos que llevárnoslo, llorando, a la calle Colonels-Renard.

Me arriesgaré a dar una explicación de los *doldrums* de Winegrain –así denominaba él sus crisis de desesperación. No había logrado superar el haber dejado el colegio Montcel. Durante noches enteras él y Bourdon nos contaban sus recuerdos de adolescencia y era fácil comprender que aquella época del Montcel era la más feliz de sus vidas. Habían sido los héroes del colegio. Su momento de gloria llegaba puntualmente cada año en el mes de junio, el día de la Fiesta del Deporte, cuando efectuaban una exhibición de salto de pértiga ante doscientos alumnos. Los domingos que tocaba salida venía a recogerlos la madre de Bourdon en un Simca. Había vivido como mantenida hasta que se casó con un tal Bourdon, un viejo hidalgo sin un céntimo, natural de la costa vasca. Aquel Bourdon, a cambio de una pensión alimenticia, aceptó reconocer al hijo que ella había tenido de padre desconocido, nuestro Bourdon.

Winegrain y Bourdon se vestían igual para salir por la noche –trajes de franela o blazers decorados con el escudo del colegio Montcel– y sincronizaban sus gestos. Así, por ejemplo, cuando entraban en una habitación caminaban de frente, o bien se separaban con un movimiento rápido y simétrico, como los boys de un espectáculo de revista al entrar en escena. Si he de creer lo que dice Bellune, Contour comenzó a relacionarse con ellos en una época en la que compraba títulos de una sociedad minera de África ecuatorial y se le había metido en la cabeza tomar fotografías aéreas de aquella explotación. Andaba buscando pilotos. Winegrain y Bourdon fletaron un viejo Farman en Brazzaville y cumplieron con la misión. Un tiempo después me pregunté si el afecto que les profesaba Paul Contour era completamente desinteresado. ¿No se servía del «hijo del Banco de Crédito» como socio capitalista? Además, el dinamismo y el espíritu aventurero de Bourdon –a condición de canalizarlos– podrían ser muy útiles para sus «negocios». Se decía que Winegrain había sido amante de Maddy Contour. Pero se dicen tantas cosas...

Dos miembros más del «grupito» se sumaron a nosotros en Bougival: el anticuario especializado en maderas claras, Claude Delval, algo mayor que los Contour, que me admiró por su prestancia, y su joven compañero, un chico moreno de facciones bien proporcionadas. Paul Contour y el anticuario se conocían desde hacía muchos años. Contour recordaba que Delval lo había acompañado a la estación de Austerlitz, durante la *drôle de guerre*, al ser movilizado y destinado a un acuartelamiento de Charente. En aquella época Contour tenía menos de treinta años, y adivinó que Delval sentía por él algo especial. Desde entonces Delval se había interesado por tres o cuatro generaciones sucesivas de jóvenes, como el paseante que contempla las olas a medida que rompen contra las rocas unas tras otras, y esta búsqueda incesante de la juventud preocupaba a Contour –me lo confió a menudo– puesto que lo enfrentaba a su propio envejecimiento.

La decoración del salón del piso de la avenida
Paul Doumer, deliberadamente austera, con sus
muros pastel y sus espesas alfombras de lana,
proporcionaban una sensación de elegancia ante la que
era muy difícil resistirse.

Delval había escogido telas de colores vivos para
tapizar algunos asientos. Solo un hombre muy seguro
de su gusto podía permitirse tal audacia.

Ya no era el muchacho que Delval había acompañado al tren.

Yo me sentaba en un extremo de la mesa, junto al compañero del anticuario y a Françoise, la adolescente morena que estaba prometida con Christian Winegrain. Dejó a su familia para seguirlo a todas partes. Winegrain, conmovido por aquel candor, se había conformado con la situación. El compañero del anticuario, el moreno de perfil impecable, tomaba clases de arte dramático. Me preguntó, balbuceando, por el tipo de papeles a los que –a mi juicio– debía orientarse. Me acuerdo de su nombre, pero no sé si era el suyo verdadero o un seudónimo escogido en previsión de su carrera artística. Michel Maraize.

Todo el mundo escuchaba la hermosa voz susurrante de Paul Contour. En aquella noche de junio adoptaba inflexiones aún más cautivadoras que de costumbre, y Maddy me miraba sonriente. Tal vez quería comprobar si el hechizo de aquella voz funcionaba con un neófito. Sí, funcionaba hasta el punto en que siempre me costaba mucho comprender de qué hablaba Contour, y tenía que hacer un esfuerzo supremo para no dejarme mecer por aquella voz. Sí, simplemente mecerme.

¿De qué hablaba aquella noche? De cosas que no se correspondían con el timbre melodioso de su voz. Hablaba de su antiguo oficio de tratante de caballos, y de las noches pasadas en los mataderos de Vaugirard, esperando la llegada de los trenes cargado de animales procedentes de la zona Sur. Compraba cada vez una decena de aquellos animales y al amanecer los conducía a unos establos de Neuilly. Algunos estaban tan débiles que apenas podían caminar. Eran caballos de carnicería. Los «reparaba» en sus establos y los vendía a los acaballaderos por una buena suma. Uno de los que compró, un capón alazán, había llegado a ganar muchos premios en concursos hípicos. Paul Contour, en resumen, les salvaba la vida.

Se hizo muy tarde, pero los Contour nos dejaron a todos a la puerta de nuestro domicilio. Yo me quedé el último en el automóvil. Estaba en el asiento trasero, Maddy y Paul delante, y Doug conducía. Les pregunté si conocían a Georges Bellune, mi vecino de despacho, desde hacía mucho tiempo. Oí a Contour que murmuraba: «Desde siempre... incluso trabajó conmigo en lo de los caballos... En aquella época necesitaba un permiso de trabajo». Contour no me dijo nada más. Antes de despedirnos, tanto él como su mujer me dirigieron unas palabras amables. Con mucho gusto me hubiesen integrado en su grupito, pero me habría tenido que plegar de manera regular a un horario muy establecido.

Doug tenía aspecto de coloso bonachón, pero su mirada quedaba velada con frecuencia. Su preferencia por el Izarra, sin duda, se debía al color, que le recordaba las praderas de su Kentucky natal.

La temporada de los fines de semana en Grosbois, la propiedad que tenían cerca de Vierzon, duraba de octubre a junio. Me invitaron a pasar unos días con ellos. Grosbois era una curiosa construcción: fachada blanca, dos tejados en diente de sierra y ventanas abatibles. Tres escalones de ladrillo rodeaban la casa, formando un zócalo. Su aspecto de casa de recreo contrastaba fuertemente con el paisaje de Sologne. Delval, el especialista en maderas claras, poseía en los alrededores un antiguo pabellón de caza rehabilitado, y por las tardes se acercaba a Groisbois junto a su joven compañero. Otras veces era él quien invitaba a cenar a los Contour, Doug, Winegrain, Bourdon y Georges Bellune, y pasaban la velada en un decorado de estilo Carlos X, con maderas claras y tapizados de seda. Durante el regreso, Paul bromeaba sobre la predilección de Delval por el estilo Carlos X. La época preferida de Paul era el Directorio, y el personaje que le parecía más admirable era el general vizconde de Barras. Había comprado uno de los pocos bustos de Barras moldeados por Gatti y se enorgullecía de guardar alguna semejanza con él. La propiedad de Sologne había sido bautizada así, Grosbois, en homenaje a Barras, que poseía un castillo con el mismo nombre. A parte de las novelas policíacas, los únicos libros que uno encontraba en casa de los Contour eran obras consagradas al Directorio, un período que Paul Contour pretendía haber vivido. A causa de esta manía los miembros del grupo le habían puesto el apodo de «Director», y Delval aludía a menudo a Maddy llamándola: «Nuestra madame Tallien».

En grosbois, en la villa del cabo de Antibes y en París había los mismos ramos de tragontinas en los que se reconocía la mano de Maddy.
Había diseñado personalmente los jarrones que encargaba a un alfarero de Vallauris.

Después de la cena, en Grosbois, Doug montaba una mesa de bridge. Paul Contour comenzaba una partida de ajedrez con Bellune o Maddy proponía una de póker. Al parecer era temible jugando al póker. Yo escuchaba discos en la habitación contigua en compañía de Françoise, la amiga de Winegrain, y aún lamento, hoy día, no haber establecido con ella unos grados más de intimidad, pero entonces ella solo tenía ojos para Winegrain, que nos sacaba diez años. De tanto en tanto salía de la habitación y lo miraba con una mezcla de preocupación y enamoramiento. Winegrain jugaba hábilmente con los sentimientos de la muchacha, sabía hacerse perdonar las malas pasadas o las actitudes impertinentes. La tenía en reserva. Tal vez sentía, a los treinta y cinco años, que se acercaba el tiempo de las cosas serias, como por ejemplo el matrimonio. Bourdon, por su parte, se esforzaba por permanecer fiel a su personaje de aventurero de los mares del Sur, y soñaba con un matrimonio que le procurase dinero y una libertad total. Planeaba un «matrimonio hawaiano» con una americana riquísima que vivía en Honolulu y le escribía con regularidad. Era mestiza y pariente del rey Kalakaua, algo que satisfacía enormemente el esnobismo de nuestro Bourdon.

A menudo, en Grosbois, Winegrain y él proyectaban diapositivas de sus viajes. Otras noches Maddy encendía la gran chimenea de ladrillo del salón y Doug, acompañándose de una guitarra, nos cantaba baladas de Kentucky, su tierra natal. Bourdon y Winegrain cantaban a voz en grito una de esas canciones, «Memory Lane», que Doug me había enseñado durante una de mis estancias en Grosbois y en Antibes, un poco después. Paul Contour escuchaba pensativo «Memory Lane». La canción hablaba de unos caballos que pasan al amanecer para no volver, y eso le recordaba su antiguo oficio. El problema era que no había manera de hacer callar a Doug y cantaba hasta la madrugada.

El grupito también se reunía habitualmente en Grosbois para celebrar la Navidad y la Nochevieja, y siguiendo la costumbre anglosajona, organizaban una rifa. Paul Contour escogía personalmente el abeto en el muelle de la Mégisserie de París y hacía que se lo entregaran en Sologne. En aquellas noches, los trajes de tweed de Paul, el fuego de la chimenea y las ramas del abeto, decoradas con velitas rosas y azules, transmitían una impresión de calidez familiar y de estabilidad, una impresión muy ilusoria, como pude descubrir muy pronto.

Me acuerdo de una tarde en casa del especialista en maderas claras. Su joven protegido, Michel Maraize, nos recitó poemas en prosa de Baudelaire con mucha convicción. En aquella ocasión Paul Contour nos propuso una idea: ¿por qué no organizar un espectáculo de «luz y sonido», que él patrocinaría, utilizando el antiguo castillo de Sabré, situado a pocos quilómetros? El joven protegido de Claude Delval, instalado en la torre más alta, sería el narrador del espectáculo. Para Paul no había nadie más indicado que Maraize para ese papel.

A Contour se le ocurrían muchas cosas. Un fin de semana, en Grosbois, lo oí hablar de «negocios» con Winegrain y Bourdon y capté algunas frases. Se trataba de un cultivo intensivo de algas marinas destinadas a la alimentación del ganado, nada menos. Contour hablaba de unos terrenos en la costa de Le Havre que tendrían que ser adquiridos rápidamente. Si fracasaba el proyecto de forrajes siempre sería posible construir diques. Entonces tendríamos pólders. ¿Pero pólders para qué? Sí, en el fondo, ¿para qué?

Su sueño, según me confesó durante un paseo bajo los alisos de Grosbois –unos árboles que, insistía, durarían más que nosotros–, era volver a ejercer su antiguo oficio de tratante de caballos. Le pregunté si no echaba de menos la carrera de abogado, que había realizado de manera tan brillante en su juventud. Pareció sorprenderle que estuviera al corriente de aquel detalle de su vida, y luego me dijo, de manera tajante, que la profesión de abogado no era una profesión honorable, en primer lugar por la fealdad de las togas, pero sobre todo porque era una profesión que exigía hablar demasiado. En cambio, el contacto con los caballos te ennoblece. Los caballos se callan. Y Contour se sacó la cartera de la chaqueta y me tendió una foto del capón alazán al que había salvado de la carnicería. Aquella foto lo reconfortaba, porque cada noche tenía la misma pesadilla, lo oíamos gemir y pedir auxilio cuando pasábamos unos días en Grosbois o en su casa de recreo en Cap d'Antibes, en verano. Soñaba con largas filas de caballos que eran arrastrados al matadero. Unas filas interminables. Tanto que daban vértigo. Y de repente se encontraba en la fila, junto a los demás. Él también era un caballo. Nada más que un caballo de carnicería.

Resultaba curioso constatar que tanto
el piso acolchado de la avenida
Paul Dommer como la elegante
propiedad Grosbois tenían su
origen en los mataderos Vaugirard.

Paul estaba muy orgulloso de haber
derrotado al ex rey de Inglaterra
en una partida de golf.
Este le había enviado una foto con esta
dedicatoria: «No hard feelings, Paul. Edward R.».

Tenía la cortesía de interesarse por mi futuro. Mi falta de sentido práctico y mi poca inclinación por el deporte y los juegos de sociedad le preocupaban. A su juicio, todas esas cosas eran necesarias a partir de los treinta y cinco años. Permitían superar la angustia vital, y si no las practicaba ahora que era joven más adelante me harían falta de manera muy dolorosa. Intentó enseñarme a jugar al ajedrez y al bridge, y llevó su amabilidad hasta el punto de inscribirme en un club de tenis y un picadero de Neuilly. Y puesto que él también asistía a las lecciones, no falté a ninguna. Hubiese querido que tomara clases de baile y que obtuviera el permiso de conducir, pero sabía que no había que forzarme.

Mi negligencia en el vestir le afligía. Una tarde de otoño me llevó a su sastre, en la calle del Coliseo, y me encargó dos trajes; él mismo se ocupó de elegir las telas. Luego fuimos a cortarnos el pelo a un peluquero de los Grandes Bulevares al que Contour se mantenía fiel desde hacía treinta años. Por la noche cenamos a solas en Charlot, en la plaza Clichy, y me conmovió cuando me dijo que le hubiese gustado tener un hijo como yo. Le di las gracias. Era una lástima que una pareja tan bien avenida como los Contour no tuviera hijos, y creo que esto hacía sufrir a Paul y Maddy.

En Grosbois, Paul y yo siempre bromeábamos con el mismo tema: las intrigas tortuosas que me confesó entre dos ataques de risa –intrigas que él complicaba sin motivo– para que lo inscribieran en la «Cacería Boufmont» que dirigía el propietario del castillo de Sabré. No le gustaban las monterías, y le parecía un escándalo que se utilizaran caballos con el fin de cometer un «asesinato», pero el capitán de la partida de la «Boufmont» –un patán con aspecto de chambelán– era miembro del consejo de un banco y presidía numerosos consejos de administración. Contour confiaba en enredarlo en alguno de sus «negocios» y, como gustaba de repetir: «Desplumar a ese pavo real».

Douglas, Winegrain y Bourdon lo acompañaban invariablemente en sus visitas al castillo de Sabré y yo me quedaba en Grosbois a solas con Maddy. Maddy se había acondicionado un taller en Grosbois y yo

45

La foto de Maraize preferida por Delval.
Estaba tomada en el estudio de Ralph Simon
de la calle Presbourg. Durante dos años seguidos
apareció en el Anuario del Cine.

permanecía a su lado mientras pintaba. Quería hacer
un retrato de todos los miembros del grupo y me pidió que posara para pintar el mío. Cuando Doug lo
colgó en una de las paredes del salón celebramos una
fiesta. Se emocionó al descubrir que me interesaba su

pintura. Paul era tan poco «artista»... Solo leía novelas policíacas y libros sobre el Directorio... Al acabar la guerra creó una casa de costura que se hundió al cabo de tres colecciones por culpa de las imprudencias de Paul, que se ocupaba de la «parte comercial»... Fue entonces cuando decidió dedicarse a la pintura.

Cuando nos paseábamos por el bosques me cogía del brazo. Llevaba una chaqueta de amazona de color rojizo. Los días de lluvia escuchábamos sus discos favoritos en el salón, que iba sumiéndose en penumbra. A veces bailábamos, pero la mayor parte del tiempo yo lo pasaba contemplando a aquella hermosa mujer despreocupada que fumaba un cigarrillo tumbada sobre un sofá. Una tarde la besé, sentí la caricia de su cabello rubio sobre la mejilla, pero la inesperada llegada de Paul y los demás nos impidió ir más allá, y debo decir, muy a pesar mío, que no volvió a presentarse una ocasión como aquella.

El guardés de Grosbois le pidió a Paul Contour que fuese el padrino de su hija, y a Maddy, la madrina. El bautizo se celebró en una capilla cercana, dedicada a san Hubert. Fuimos todos. Doug llevaba los regalos de los Contour para su ahijada: dos cojines bordados y un cubilete de plata que, me dijo Georges Bellune, había ido a rescatar la semana anterior del monte de piedad de la calle Pierre Charon por encargo de Contour. Durante la misa reflexioné sobre el aspecto heteróclito de nuestro grupito: Doug, muy erguido, con la tez colorada y la mirada fija; Chris-

El sonido de las olas le recordaba a Delval los tiempos
lejanos de Toulon y de Villefranche de antes de
la guerra, colmados de borlas rojas y miradas claras.

tian Winegrain y Bourdon, torsos arqueados en sus chaquetas de caza; Claude Delval, con un traje gris metálico que ceñía su cuerpo como una armadura; su amigo, que parecía un pastor griego extraviado en Sologne, y Georges Bellune, el dragomán de una embajada lejana; Maddy y su cabellera rubia... Qué sorpresa se habría llevado la niña si hubiese visto los extraños personajes que celebraban su entrada en la iglesia cristiana.

El carácter excepcional de esta situación no le pasó inadvertido a Paul Contour, puesto que me comunicó su preocupación. ¿Cumplirían correctamente, él y Maddy, sus deberes para con su ahijada? Sus negocios eran tan inseguros... La casa de Grosbois se deterioraba lentamente y hacía mucho tiempo, me susurró, que estaba hipotecada.

Las animadas partidas de petanca en La Hacienda
se prolongaban hasta el atardecer.
Las amistades se deshacían y renovaban en torno al boliche.

Y así nos adentramos en el invierno. Pasaron enero, febrero y marzo. En abril el grupito tenía la costumbre de instalarse en Kitzbühel, en casa de un amigo de infancia de Georges Bellune, un tal Bruno Kramer, propietario de un espacioso chalet en aquella estación de esquí austríaca. Pero cuando conocí a los Contour, Kramer acababa de vender el chalet, dejando un gran vacío en el grupo, acostumbrado a pasar, desde hacía diez años, un mes en la montaña. Bellune me describió las partidas nocturnas a Kitzbühel desde la estación del Este, los tres baúles mundo de los Contour, los jerséis rojos y los pantalones de montaña de Bourdon, Winegrain y Michel Maraize, los pares de esquís que Doug le agarraba del maletero para colocarlos personalmente en los cuatro compartimentos del coche cama mientras silbaba «Memory Lane». Delval, el especialista en maderas claras, no los acompañaba a Kitzbühel, le tenía miedo a la nieve. Se separaba a desgana de Michel Maraize, pero no podía negarle aquellas vacaciones.

La primavera terminaba y junio marcaba el inicio de un nuevo ciclo. El grupito se instalaba en sus cuarteles de verano de La Hacienda, la casa de recreo de los Contour en el cabo de Antibes. Aquel verano lo pasé en la Costa Azul y los visité. Si los fines de semana en Grosbois eran tranquilos gracias a los juegos de sociedad y los paseos por el bosque, el clima del sur, en cambio, los mantenía en una excitación constante. Más que en cualquier otro lugar, allí resultaba evidente que los Contour, en otro momento, habían conocido un periodo fastuoso, a juzgar por el mobiliario de La Hacienda, por el enlucido ocre ahora descolorido y la pérgola resquebrajada. Desde entonces, los miembros del grupito continuaban con su «ímpetu» y se convencían a ellos mismos de que nada había cambiado. Los lugares, naturalmente, permanecían: el piso de la avenida Paul Doumer, Grosbois, La Hacienda, pero un poco como los salones de baile de los castillos abiertos a las visitas guiadas. Salones desolados y silenciosos. Un día le pregunté a Paul sobre el particular, esperaba que me dijera la fecha exacta en que había comenzado a tener problemas. En su opinión, la mejor manera de saberlo era tomar como punto de referencia un acontecimiento importante de la historia de la Humanidad. Tras unos instantes de reflexión, me confesó que el fin de su «edad de oro» se encontraba en algún momento entre Dien Bien Phu y Suez.

En el cabo de Antibes los miembros del grupito redoblaban esfuerzos para avivar el antiguo fuego. ¿Por qué daban la impresión de debatirse por última vez antes de dejarse llevar por la corriente? A la luz del sol el rostro de Paul Contour dejaba traslucir, en ocasiones, alguna angustia pasajera, pero la desenvoltura y la autoridad con que entraba en los clubs nocturnos nunca dejaron de admirarme. A los camareros que servían el champán los llamaba «cambiadores», indicando así que las botellas debían ser renovadas constantemente. Todavía me parece oírlo decir «cambiadores, por favor...», mientras señalaba con el índice nuestras copas vacías. Y añadía: «Sirvan...». En aquellos momentos yo hubiese jurado que Paul Contour llevaba treinta años allí, en aquella misma silla, ante la misma mesa, mientras que al ritmo de las botellas iban cambiando los decorados y las orquestas, igual que los rótulos luminosos del exterior, los gobiernos y las modas femeninas. Mientras los niños iban creciendo. Solo permanecían inmutables el torso erguido de Paul Contour, su índice y la frasecita pronunciada a intervalos regulares desde hacía treinta años con la misma voz susurrante: «Cambiadores, por favor... Sirvan...».

Dos personas conservaban la sangre fría en medio de las risas y de los estallidos de voz excesivamente agudos: Michel Maraize, el joven compañero del especialista en maderas claras, y Françoise, enamorada como siempre de Winegrain, que la hacía sufrir

53

En La Hacienda, Maddy había decorado personalmente una de las paredes del salón.
Unas pieles de animales daban vida a las baldosas provenzales.

con su comportamiento febril. Un día la vi llorar e intenté consolarla, pero fue en vano.

Delval, el especialista en maderas claras, en cambio, gozaba de una felicidad pura. Le gustaba de manera especial la casa de los Contour: ¿no fue precisamente durante una estancia en La Hacienda que conoció a Michel Maraize, en la playa de Juan-les-Pins? Aquel verano Maraize terminaba el servicio militar en la Marina en Toulon, su ciudad natal. En Delval se producía un fenómeno curioso, que me confesó él mismo, puesto que confiaba en mi discreción. La contemplación de aquel joven marinero de Toulon lo retrotraía a sus veinte años: Toulon y sus misterios, el opio, Oscar Dufrenne y muchos otros recuerdos de los años treinta, la época en que él, Delval, hacía de «acróbata excéntrico» sobre las tablas del Empire, antes de que un anticuario especialista en maderas claras se fijara en él desde la galería, se enamorara y le enseñara el oficio. Y ahora un joven de nuestros días –sin saberlo– le hacía evocar todo aquello y abolía el tiempo.

A menudo se nos unía un indochino, hijo de un antiguo ministro del último emperador de Annam, que había sido condiscípulo de Winegrain y Bourdon en el colegio Montcel. Estaba casado con una marsellesa, una tal «Pilou», y dirigía una perfumería en Cannes. Formaban una extraña pareja. Él era alto, atlético, con el rostro prematuramente envejecido. Ella era una morena minúscula de voz altisonante. Le hacía unas escenas terriblemente violentas, y él la dejaba chillar, con el cigarrillo en la comisura de la boca, expeliendo de tanto en cuando una nube de humo que le cubría el rostro, o bien la miraba fijamente mientras sonreía con frialdad. Por mucho que gritara y provocara escándalos cada vez que venían con nosotros a un restaurante o a cualquier lugar público, él jamás se inmutaba. Una impasibilidad como aquella –pelaba meticulosamente una manzana mientras ella lo trataba de «asesino»– lograba atenuar la presencia de aquella mujer, a quien llamábamos «la marsellesa»,

Dô mantenía una fidelidad respetuosa hacia el emperador.

y no dejaba de resultar conmovedor verla debatirse como si quisiera escapar de morir ahogada o de caer en el olvido. Pero siempre acababan por reconciliarse, lo que daba pie al grupito a beber unos cócteles a su salud y comenzar lo que Winegrain llamaba una «farra». Pilou, antes de casarse, había posado desnuda para la revista *Paris-Hollywood*. El idiota de Winegrain había conseguido dar con algunos números atrasados en una librería de viejo de Antibes. En una de las portadas aparecía Pilou de tres cuartos, cubierta tan solo por unas minúsculas bragas de encaje. Winegrain dejaba tiradas de manera ostensible las *Paris-Hollywood* cuando Pilou venía a La Hacienda, lo que multiplicaba su malhumor.

Dô, el indochino, había derrochado mucho dinero en la compra de un pequeño aeródromo en desuso, cercano a Cannet. Soñaba con crear un aeroclub y había comprado tres avionetas de turismo y unos planeadores. Una tarde acompañé al aeródromo de Dô a Paul Contour, Winegrain y Bourdon. Los dos últimos quisieron pilotar y se lanzaron a ejecutar acrobacias aéreas cada vez más arriesgadas. Espoleado por sus dos condiscípulos, Dô los superó con un picado que a punto estuvo de costarle la vida. Tomamos una copa en el rincón de un hangar que Dô había bautizado como «Bar de la escuadrilla». Había pintado un rótulo con las letras en rojo, que resaltaban sobre la chapa, y Paul Contour nos explicó, con su hermosa voz, que aquella idea de aeroclub no era ninguna tontería, y que pensaría seriamente en ella. Con una in-

versión mínima y una hábil campaña publicitaria
–¿por qué no pedirle a su majestad el emperador Bao
Dai que aceptara la presidencia de honor?– el nego-
cio podría ser muy rentable. Sí, pero primero había
que encontrar un nombre para el club que sonara
bien. Paul propuso «Vol-Azur».

Para mi sorpresa, La Hacienda se iluminaba a
base de velas, y Georges Bellune me explicó que no se
trataba de una fantasía de los Contour. Les habían
cortado la electricidad, y la casa se hundía bajo las hi-
potecas, igual que Grosbois. Paul Contour había evi-
tado por los pelos un embargo en el piso de la avenida
Paul-Doumer y las idas y venidas de Doug, la tez más
violácea que nunca, entre París y Antibes, tenían que
ver con aquella preocupante situación financiera
que Paul trataba de enmendar a distancia. Se lo tomaba con flema, y nos había preguntado qué nos parece-
ría, en caso de peligro, un «repliegue» eventual en la
costa vasca, hacia septiembre.

Y sin embargo, por las noches, cuando cenába-
mos en La Hacienda a la luz de las velas, nos envolvía
un halo de encanto. La belleza de Maddy tenía mucho que ver, pero también el carácter bohemio y so-
ñador de Paul, aquella despreocupación en la que no
hacían mella las dificultades de la vida, su lado «mitad cochero, mitad gitano», como él decía.

Doug nos cantaba sus romanzas, y hacia las dos
de la mañana salíamos a buscar a Winegrain y Bourdon, que bebían más de la cuenta y se escabullían.

Tratábamos de oír sus voces en la oscuridad. Se desgañitaban cantando el estribillo de «Memory Lane», y el viento nos traía fragmentos de la canción junto con el olor de los pinos:

Memory Lane
Only once do horses go down Memory Lane
But the traces of their hooves still remain...[1]

Nuestra búsqueda incierta nos llevaba hasta la Garoupe, donde nos dábamos un baño de medianoche.

Una amiga de infancia de Maddy, una tal Suzon Valde, que vivía sola todo el año en Grasse, no se separaba de nosotros. Un cuerpo delgado y mate, coronado por una cabeza de momia rubia. Consagraba todas sus fuerzas a su jardín, que aspiraba a convertir en una réplica en miniatura del de villa Carlotta, a orillas del lago de Como. Recuerdo que conducía un pequeño descapotable de color verde agua. Al cumplir los dieciocho años Maddy y ella se habían escapado juntas de su ciudad natal, Saumur, para ser modelos en París. Saumur... A Paul Contour le hacía soñar. Maddy repetía, divertida, que Paul se había casado con ella porque era una chica de Saumur. Y Paul, con su voz susurrante, evocaba el ruido de los cascos de los caballos al chocar con los adoquines de Saumur, al atardecer, cuando los animales regresaban al establo,

---

1. Memory Lane / Los caballos solo pasan una vez por Memory Lane / Pero aún quedan las huellas de sus cascos... *(N. del A.)*

Paul echaba de menos su «dosis
de aire» anual en el chalet de
Bruno Kramer
en Kitzbühel.

y los olores, la arena de los picaderos, los vinos ambarinos y todas esas cosas que hacen que la vida tenga un sentido.

Dios mío, qué ajustada imagen de la vida, precisamente, me parece aquel atardecer, todos juntos en la playa, por una vez desierta... Algunos seres se encuentran por casualidad, forman un grupito, luego todo se dispersa y se disuelve... Christian Winegrain y Bourdon por un lado, por otro Doug, Françoise y el compañero del especialista en maderas claras jugando a la pelota, separados por una invisible red de voleibol. Claude Delval, con el torso desnudo, un pantalón blanco y un cinturón negro, fijado en una pose plástica que delataba su pasado de bailarín, hacía de árbitro. Un poco más lejos, Suzon Valde, con un bañador color turquesa, aprovechaba los últimos rayos de sol. Paul, cubierto por un albornoz, hojeaba un álbum fotográfico dedicado a la Spanische Hofreitschule de Viena. Yo paseaba junto a Maddy Contour. Me había enamorado de ella desde el principio, y me conmovía pensar que pronto le llegaría inevitablemente la vejez, y en cambio aquella tarde parecía que tuviera apenas treinta años. Si algo lamento hoy en día es no haberme casado con ella. Era un sueño que no me atrevía a confesarle, convencido de que Paul Contour no aceptaría el divorcio. ¿La diferencia de edad? ¿Qué es, en el fondo, la diferencia de edad? Madeleine y yo habríamos formado una buena pareja. Qué le vamos a hacer. Lo único que me queda de ella es un libro de cuentos persas que me regaló en el cabo de Antibes, con esta dedicatoria en una de las

¿De dónde sacaba tanta energía Suzon Valde para dedicarse a la jardinería? Ella aseguraba que era gracias a sus interminables baños de sol.

guardas: «En recuerdo de los hermosos días en La Hacienda...».

Los vi una última vez al completo en una circunstancia un tanto solemne. Claude Delval, el especialista en maderas claras, había alquilado por una noche una pequeña sala de teatro en Versalles para que pudiésemos ver a su amigo interpretar una escena de *Los caprichos de Marianne*. Además de los Contour, Bourdon, Winegrain, Doug, Georges Bellune y yo mismo, asistió al espectáculo el director de la Comédie Française, un hombre muy distinguido que tuteaba a Delval y lo llamaba «Claudio». Bellune me reveló que «Claudio» era precisamente el nombre con el que se conocía a Delval en su época de «acróbata» en el Empire. El especialista en maderas claras lo había invitado con la esperanza de que aconsejase a su protegido.

Michel Maraize no lo hizo del todo mal. Françoise le daba las réplicas. Winegrain y Bourdon, que estaban borrachos, perturbaron la actuación con unos aplausos incongruentes. Pero el director de la Comédie Française tuvo unas palabras de aliento para el actor, lo que contribuyó a relajar el ambiente y tranquilizó a «Claudio» Delval, que se había pasado toda la audición sudando a mares. Luego Paul Contour nos llevó a todos a cenar a un albergue en Ville d'Avray. Ya hablaba de producir una obra con Maraize de protagonista.

El incorregible Paul.

La bruma que los envuelve desde hace quince años a veces se desgarra. Paul Contour: su despreocupación, pero también su rostro, que bajo el sol de Antibes me pareció devastado. Maddy: soportaba mejor el embate gracias a su hermoso arco ciliar, sus ojos con reflejos de fiordo y su sonrisa. Bourdon: a menudo llevaba una gorra de marino y una pipa, sus esfuerzos por parecer un capitán de los mares del Sur resultaban conmovedores. Igual que Winegrain, su amigo de infancia, tenía una mirada acuosa que contrastaba con su sempiterno bronceado... Y aquella alegría demasiado tensa de Winegrain, las apuestas estúpidas lanzadas de cara a la galería, aquella pasión por los deportes arriesgados que tanto preocupaba a Françoise, su discreta y tímida novia... Y Doug, también, con su tez colorada y picada de viruela, siempre de un lado a otro, su papel de secundario, la canción «Memory Lane».

Tuve ocasión de pasar un momento a solas con cada uno de ellos, y recuerdo que Doug me invitó a cenar. Mientras vaciaba una botella de Izarra verde me habló de su juventud, cuando tenía una cintura de avispa y la tez clara y participó en el desembarco de Normandía a las órdenes de Omar Bradley. Una mañana Bourdon me llevó a remar al Bois de Boulogne y almorzamos en Le Pré Catelan, donde nos esperaba su madre. Unos ojos verde esmeralda y una de las narices más graciosas y más francesas que me ha sido dado contemplar después de la de Josefina en el retrato de Isabey. Había conocido a muchos hombres, y Bourdon recordaba haber saltado sobre las rodillas del campeón ciclista Charles Pélissier, del autor teatral Jacques Deval, del aviador Détroyat y de tantos otros... Él la llamaba «mamá» con vocecilla de niño, ella lo llamaba «Bumby» y me pareció entender que era ella quien se encargaba de sufragar sus necesidades.

Una noche Françoise se confió un poco a mí. Era hija de la directora de un colegio de Biarritz. Un verano –acababa de cumplir diecisiete años– conoció a

Winegrain en la playa de la costa vasca. Fue un flechazo. Winegrain y Bourdon pasaban las vacaciones en casa del padre adoptivo de este último, y ella se fue a vivir con ellos al castillo ruinoso del viejo Bourdon, el tiempo de una luna de miel.

Y aquel paseo por el jardín de las Tullerías junto a Michel Maraize, antes de reunirnos con Delval en su tienda de maderas claras, en la calle d'Artois... Viéndolos así, por separado, tenía la impresión de ser una araña que tejiera unos hilos cada vez más ramificados entre los unos y los otros, y así el grupo se estrechaba en torno a mí.

Delval evocaba a menudo el «Baile mágico
de Chiberta», en el que había participado su
amigo Escande.
El marqués de C. había recibido fastuosamente
a sus invitados en un decorado de ensueño,
bajo los pinos.

Cuando regresé a Francia, tras una ausencia de diez años, me informé a través de las pocas personas susceptibles de darme noticias de los miembros del grupo. No fueron noticias muy buenas, y me hicieron comprender aún mejor que el tiempo había pasado. Yo, que tan a menudo observaba el envejecimiento ajeno, tuve que acostumbrarme, a mi vez, a la idea de que mi juventud tocaba a su fin.

Grosbois, La Hacienda y el piso de la avenida Paul Doumeur habían sido embargados a causa de los múltiples reveses financieros de Paul. Encontré uno de los prospectos de la subasta y cuando leí, en la lista de mobiliario, «Dos biombos espejo, una mesa baja china», enseguida me vino a la memoria el taller de pintora de Maddy.

La Hacienda había sido demolida, y en su lugar se alzaba un inmueble en forma de pirámide. Grosbois se había transformado en una colonia de vacaciones. Me enteré de que los retratos que Maddy Con-

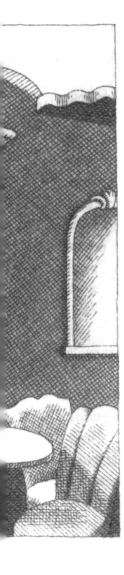

El director del Scarlett había reconstituido
hábilmente un decorado que evocaba
el Sur de los Estados Unidos.

tour había pintado de nosotros se quedaron en las paredes del salón. Los transportistas habían renunciado a quitarlos, porque Paul los había hecho encastrar en unos nichos, como si fueran iconos. Los niños ahora juegan ante nuestros rostros inmóviles para la eternidad. Acabamos por resultarles familiares y tal vez nos pongan apodos afectuosos. O nos salpiquen alguna vez de manchas de pintura o bolas de nieve.

Los Contour, al consumarse su ruina, fueron acogidos por Christian Winegrain en una casa solariega que había heredado en el Loira Atlántico. Paul había «echado buena pluma» y convenció a Winegrain para alquilar habitaciones, transformar en golf unas hectáreas de parque y lanzarse al cultivo de frambuesas en unos terrenos vecinos. La actividad y el dinamismo de Paul contrastaban con el estado depresivo de Winegrand, a quien Françoise había abandonado. Al anochecer se lo encontraban postrado en un bote, cabizbajo, en medio del gran estanque que bordeaba la mansión. Eran necesarias toda la dulzura y las dotes de persuasión de Maddy para que aceptara volver a la orilla.

Mientras se dedicaba a soñar en su bote, el club de golf y las plantaciones de frambuesas consumieron el dinero que le quedaba, pero no le guardó rencor a Paul y los tres se refugiaron a pocos quilómetros de allí, en una casita de muñecas de la playa Benoît, el único bien que le quedaba al «hijo del Banco de Crédito».

Mientras tanto, el «grupito» había conocido algunas defecciones. Doug sufrió un ataque al corazón cuando asistía a un partido de Roland Garros y juzgó más prudente dejar Francia y regresar a Kentucky, su tierra natal, allá donde los caballos solo pasan una vez por Memory Lane. Bourdon también se fue una tarde, sin avisar a nadie. Ahora se encuentra en el tramo final de una vida tan incierta como lo era cuando lo conocí. De todo corazón, mi querido Bumby, espero que hayas podido celebrar tu «matrimonio hawaiano».

Los Contour, al parecer, llevan una existencia muy «de estar en casita» –una expresión de Paul– en la casa de La Baule de Winegrain, y Paul ha rebautizado la villa como «El Salvavidas». Ha envejecido mucho. Maddy no. Para conservarse en forma se ha hecho deportista y se baña a partir del mes de marzo. En La Baule todo el mundo la conoce y los veraneantes, sin saber muy bien por qué, le piden autógrafos.

Paul Contour y Winegrain llevan la gestión, en verano, de uno de los muchos clubs infantiles que hay entre Poulingen y Pornichet. Me imagino que es una actividad que satisface mucho a Paul. ¿No me confesó una vez que la playa era, para él, algo tan importante como los caballos? Sí, Paul siempre parecía regresar de la playa, en cualquier ocasión, calzado con unas alpargatas que dejaban escapar un hilillo de arena a cada zancada. La playa, bajo el sol, la perspectiva de unas vacaciones eternas, los niños que construyen con seriedad unos castillos de arena tan frágiles como los proyectos de Paul Contour, las muchachas bronceadas con sus bañadores verdes y el director del casino –un hombre apuesto, para sus sesenta años– en-

En el C.B. Bar, el señor Méo recibía,
a intervalos regulares, las llamadas
telefónicas de su esposa, a quien denominaba
«mi gobierno».

tregado a su gimnasia cotidiana frente al océano, levantando unas pequeñas mancuernas... Paul era sensible a todo esto, y me imagino su angustia ante la idea de que la temporada terminará pronto y será necesario desmontar los toboganes, los columpios y las pérgolas.

El paso de las ocas de Noruega marca la llegada del otoño, es necesario encontrar algo en que ocuparse. Comienzan las partidas de cartas y de ajedrez en el salón del Salvavidas. Vuelven a sonar los discos de Maddy, mientras sopla el viento del Atlántico y la arena cubre poco a poco las avenidas desiertas.

Christian Winegrain, entre dos accesos de melancolía, no renuncia a sus apuestas sin sentido: por ejemplo, aterrizar de noche en medio de las salinas de Guérande, a bordo de un viejo Jodel que él mismo ha remendado. Rechaza cualquier balizaje y escoge las noches sin luna. Que Dios lo proteja.

Delval y su joven protegido todavía figuraban, hasta hace cuatro o cinco años, en el listín de teléfonos, en el mismo número de la avenida de Rivoli. Ahora ya no aparecen, ni el uno ni el otro, y una tienda de ropa ocupa el lugar, en la calle de Artois, de la tienda de maderas claras. Michel, o «Claudio», si leéis esto tened la amabilidad de darme noticias, donde quiera que estéis.

¿Y Georges Bellune, que fue quien me introdujo en el grupo? Se suicidó. A menudo pienso en él. Hacia el final me desveló un secreto: había nacido en Viena y se llamaba Georg Bluëne. A los veintitrés años compuso la música de una opereta, *Rosas de*

En sus salidas nocturnas, Doug se encontraba
con frecuencia con Grete, enfermera de la Cruz Roja
entre dos misiones peligrosas.

El general De Gaulle en persona le había
entregado la Legión de Honor.

Hawái, y su amigo de Kitzbühel, Bruno Kramer, escribió el libreto. La opereta cosechó un gran éxito, y una ironía del destino quiso que en el momento de la elección de Adolf Hitler los estribillos encantadores y exóticos de *Rosas de Hawái* estuviesen en todas las bocas y corriesen por todas las calles de Berlín. Me imagino que si Georg Bluëne conoció a Oscar Dufrenne en París en aquella época fue porque este último planeaba ofrecer la representación de *Rosas de Hawái* en su music hall de Montmartre. Entre nosotros, ¿no es curioso que la llegada de los nazis al poder y el asesinato de Dufrenne tuvieran lugar el mismo año?

Poco después Georg Bluëne abandonaba Viena y se instalaba en Francia con el nombre de Georges Bellune.

Se reprochaba su frivolidad. No se escriben operetas en vísperas del apocalipsis, me decía. Yo sostenía lo contrario: de manera inconsciente, había esperado que los pétalos de las rosas y las caricias de las guitarras hawaianas sobre los árboles del Ring y Unter den Linden conjurasen la mala suerte. Llegué a emplear una imagen que le resultó muy divertida: había hecho como el calamar, que cuando siente acercarse el peligro lanza una nube de tinta negra para borrar el rastro. Pobres *Rosas de Hawái* de Bluëne y Kramer.

De todos nosotros, quien mejor salió adelante fue Françoise. Hace años que triunfa en el cine. Cambió de nombre, y la otra noche, en la rotonda de los Campos Elíseos, pasé frente al cartel, con su rostro desmesuradamente ampliado, de una película que

80

El «bebé» que aparecía de manera recurrente en la conversación de Delval no era ni su sobrino ni su ahijado, sino Bébé Bérard, pintor sutil y juez infalible en tema de gusto.

protagoniza. Reconocí perfectamente a la jovencita que vigilaba con mirada triste y apasionada a Christian Winegrain.

Tuvimos veinte años al mismo tiempo. Si nos encontrásemos ahora seríamos los únicos que podríamos evocar los días antiguos de Grosbois, los días felices pasados en La Hacienda. ¿Pero querría hacerlo ella? A veces nos esforzamos por olvidar al pequeño grupo que veló por nosotros durante nuestros comienzos en la vida.

París, 12 de junio de 1979

Delval supo crear un clima de fantasía en
la habitación de Maddy. Pero las nubes
pintadas en el techo por Dimitri Bouchême
ahora deben estar sepultadas bajo varias capas
de pintura.

¿Y aquellos espejos que durante tantos años
reflejaron la belleza de la dueña de la casa
habrán sido destruidos?